Fora da rota

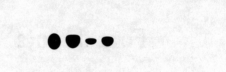

Evelyn Blaut

Fora da rota

todavia

He arrojado la máscara sin saber que ella era el mundo

Susana Thénon

I

Não sei dizer por que estou aqui.
É provável que você não me ouça
ou pode ser que me veja
com alguma regularidade
diante desta lápide e do seu silêncio.
Não sei dizer o que se passa
com o seu corpo que incha e encolhe
com os seus dentes à mostra
com o seu rosto tomado
pela terra até que só restem
os ossos. E depois
nem isso. Não sei dizer
o que se passa com o meu corpo
que incha e encolhe na vista final
enquanto corro da casa cheia
de objetos da casa cheia de gente
que não consegue falar comigo.

2

A minha casa é uma terra sitiada.
Os dias são quase sempre os mesmos
menos quentes que nas últimas semanas.
Tem chovido. Gosto da chuva
e do cheiro fresco que ela traz. Aqui
não há crianças nem amigas
e é este o lugar onde estou.
No quarto tão escuro quanto o tempo
que parecia ser meu
não consigo recordar como vim parar aqui.
Devem ter me trazido depois que a última pessoa
saiu. Ou é herança. Não procuro ir mais longe
que isso. Não parece um quarto
de hospital nem de hospício
apenas um cômodo numa casa de grades pretas
onde nunca ouço nada suspeito ou inusitado
exceto a voz pacífica do chefe da casa que
embora não fosse mais tempo de ditadura
continuava a anunciar
Em tempo de ditadura
não faça nada não diga nada.

3

Todas nós ouvimos os seus conselhos pacíficos
embora nem todas tenham percebido que aquela
não era uma casa qualquer.
Estou no meu quarto num sobrado
de grades pretas
que poderia ser outro. Juro que não sei
como cheguei aqui. Caminhando
ou em algum veículo certamente.
Por ora só posso dizer que as dúvidas
e as lacunas têm me beneficiado.
Dormi muitas noites nessa cama depois
de me masturbar. Nem assim me habituei
a esse quarto que agora
já não existe.

4

Às vezes me distraio inventando acontecimentos
sem chegar a me divertir com eles.
Minha última recordação antes de acordar aqui:
caminhava.
Foi isso o que fiz durante boa parte
da vida e no fim do dia
não sabia onde estava. Só lembro
o que senti e o que sonhei
quando era jovem. Para quem vive submerso
perder a água do dia era perder pouca coisa.
Agora tudo isso é passado
me dizem
mas ainda não sei o que sobrou do meu rosto.
Nas minhas cicatrizes vejo apenas flashes
de um golpe e a minha imagem na cama
daquele quarto comum.

5

Conheci poucos quartos. Mesmo os de motel
eram tão comuns quanto este. Naquele tempo
quase acreditava que estava morta
ou morreria dali a meses. Fazia pouca diferença.
Enquanto o meu tempo está sendo contado
reparo como os últimos dias deixaram vestígios
pouco surpreendentes.
Qualquer dia desses vou fazer um inventário
e registrar o meu quarto comum
e sem janela que ficava numa casa
de grades pretas. É para ela que me volto
a maior parte do tempo.
Não vejo campos nem montanhas
ainda que estejam próximos. Não vejo telhados
nem o céu nem um pedaço de rua sequer.
Também não vejo o mar
que está muito longe.
Não vejo a fumaça das fábricas em frente.
Mesmo tendo possibilidade de viajar
mesmo tendo viajado pouco
são sempre estas fábricas e montanhas
telhados e fumaças que continuo a ver.
Eles naturalmente não me veem
nem me escutam sussurrar
uma velha oração.

6

Corri da casa cheia de gente
que não consegue falar comigo.
Corri do homem que levantou as grades
pretas. Corri da minha mãe que
mesmo depois de morta
vive me assombrando.
Corri do barulho e do silêncio
para dentro da chuva que quase me afogou
para fora do rio que me levou à outra margem
passei pela árvore do jardim
e pelo velho que fala sozinho.
Corri para o prédio em construção
passei em frente a uma igreja
e pelos correios que continuam em greve.
Corri para o cemitério e vi as lápides saqueadas
diante dos nomes que ninguém visita. Pensei
Agora sou a próxima da fila.
Corri para o muro
que ainda está lá mesmo depois da sua queda.
Parei para olhar parei de perguntar. Em vez de nomes
havia números. Entrei na igreja e bebi água.
A cruz pegou fogo mas o chão não se abriu
não houve relâmpago nem apagão.
O céu escureceu mais tarde
como todos os dias.
Corri na direção do barulho do muro
e do túmulo que apontou para mim.
Corri para o rio pensei que do outro lado
não veria a decomposição dos ossos

>

mas é sempre a mesma coisa.
Em todos os lados crianças matam crianças
enquanto outro boi bebe fel.
As estrelas aparecem de noite
enquanto igrejas queimam seus fiéis.
Corri para a árvore que apontou
para mim enquanto eu tentava fugir.

7

Tento compreender as mudanças no meu rosto
mesmo quando dizem que não mudei nada.
Sei mais ou menos as horas em que as noites
ainda não chegaram. As horas dos pássaros
que cantam nas gaiolas e dos mendigos
que vêm pedir comida. Batem na porta e esperam.
Ninguém reparte o pão mas eles sempre vêm.
A porta é aberta e alguém sai para uma jornada
de trabalho. A porta se fecha outra vez.
E antes de regressar
à mesma hora no sinal fechado
é possível que alguém diga
O governo deveria elaborar um programa
de castração química exclusivamente
para esse tipo de gente.
Então a porta abre e fecha outra vez.
Esse movimento diário equilibra os polos
entre o prato e a privada.
No começo as coisas aconteciam de outro modo.
Uma mulher entrava no quarto e beijava minha testa.
Enquanto se atarefava com as minhas necessidades
não percebia o que se passava ao redor
e dentro de mim. Depois de alguns anos
já não ouço ruído algum.

8

Tudo isso deve ser pelo menos metade imaginário.
A presença dessa mulher mais velha e da sua voz doce
talvez fizesse parte do quarto. É possível que fosse
generosa e jamais tenha perdido o controle.
Não temos como saber. É mais adequado
supor que ela fizesse parte do quarto.
Não vejo mais nada por aqui
a não ser os seus lábios finos
e ressecados com que beijava minha testa
ou o seu andar lateral pelo excesso de peso
ou nem isso. Não há outro andar
nem outros lábios capazes
de substituir os seus excessos. Não sei
quanto tempo estive naquele quarto
nem tenho como provar. Devia ter contado
os dias ou os anos. Sei o dia em que nasci
mas não lembro a data em que cheguei lá.
O que podem fazer com você
durante as diversas portas
que abrem e fecham
não se aprende em uma estação
ou duas.

9

Dias inteiros se passaram
entre um beijo na testa
e outro. Permaneci naquele quarto
durante muito tempo
como quem atravessa
a rua sem olhar para os lados.
Este é o meu tipo de corpo.
Em alguma parte daquele quarto
também procurava não olhar
para trás mas a memória me procurava
ali
onde deixei de estar
como um pântano que se agita.

10

A saída dos mais velhos compensava
a chegada dos recém-nascidos
restabelecendo o equilíbrio numa casa que
pouco a pouco
se esvaziava. A última a restar
sozinha com os seus deveres
não mudou. Só a cara
que não parava de murchar
falava incessantemente do juízo.
Mas ela se enganava com frequência.
O seu rosto acinzentado e abatido
me fazia sonhar com uma fuga
acelerada que permitiria
com alguma sorte
murchar em outro ritmo.
Nunca houve uma conversa
propriamente dita. Nunca falamos de amor
de forma adequada. Durante anos
presenciei um cansaço resignado
que acendia alguma curiosidade.
Não o suficiente
já que passava a maior parte do tempo
fabricando distâncias.

II

Numa tarde de domingo
em que todos cochilavam
a mesa da cozinha foi o palco de uma conferência
sobre a minha iniciação sexual.
Mesmo tendo a impressão de que falava
com paredes emboloradas revelei
A maior parte das coisas que nos ensinaram
e que simplesmente replicamos
é apenas um mal-entendido.
Durante todo esse tempo
estava equivocada sobre um órgão
ou dois
sobre um ato e o seu significado.
Acreditei nos mitos anatômicos
ou de qualquer outra espécie.
A realidade para nós era essa
nós quebramos sangramos perdemos
e ficamos perdidas para sempre.
E a farsa que continua a ser contada
sobre quem somos sobre quem sou
nós sabemos
é apenas um mal-entendido.
O que eu poderia fazer
para não ser expulsa daquela casa que
me disseram
era uma família?
Saí
do barulho do muro do túmulo
mas nada disso me impressionou
até agora.

12

Vou procurar
com a cabeça menos cansada
as razões que me levaram
para aquela casa.
Quero o mínimo possível de sombra
nessa história.
Uma pequena sombra às vezes
não é nada.
Quase não damos por ela.
Nem pensamos nisso. Acreditamos
que a claridade prossegue. Mas já vi
essa sombra outras vezes.
Ela se acumula
se torna mais intensa
depois explode
e afoga tudo.

13

Acabei de chegar. É meia-noite.
Estou muito cansada. Terminei a sopa.
A mulher que beija minha testa
está no meu quarto está naquele quarto
ainda que ele nunca tivesse sido meu.
Ela abre as cortinas ela fecha as cortinas
arruma almofadas e outros objetos
que compõem o cômodo. Esse movimento
diário era uma maneira de dizer
As cortinas são minhas
as janelas são minhas
as grades pretas são minhas
as horas as portas
são minhas. Ela não puxa as cortinas
quando o homem grita com quem passa
em frente à TV. Ela fica em silêncio
como se 1959 não tivesse acabado.

14

O homem também fica em silêncio
se o time de futebol não ganha
o campeonato ou se perde a transmissão
ao vivo da guerra. Quando está em casa
senta-se na poltrona em frente à TV e zapeia
entre os canais do futebol da guerra da corrida
de cavalos da tourada e do matadouro.
Mas o tom dos gritos não se altera.
É hora de mandar sacrificá-lo
alguém diz
fazendo referência a uma clássica cena.
O pai chega à noite cansado do trabalho
senta-se à cabeceira da mesa para jantar e
depois de fazer o discurso habitual
é devorado pela família cansada de escutá-lo.
Mas essa família escolheu 1959
e o seu chefe só morrerá
anos mais tarde de uma doença dolorosa
que nenhuma morfina é capaz de amenizar
num CTI qualquer da cidade.

15

Depois do cansaço
recomeço a caminhar
aos poucos
para outra direção. Não sei
por que estou dizendo isso.
O que queria contar é que havia alguém
à minha espera à minha procura
que me recebe nos braços e me cede
o lugar e pede para eu não ir embora
ou lamenta cada vez que preciso
partir.
Mas só havia silêncio
naquela casa sitiada.

16

A mulher que beijava minha testa
reclama na cozinha desenhando
movimentos difíceis de descrever
com o seu peso que depois
acabou rachando o caixão.
Seria necessário fazer a troca?
Onde encontrar outro se já eram
quase seis horas?
Quem a tiraria da caixa quebrada
e transportaria para a nova
que nem foi cogitada?
Enquanto isso o cabelo grisalho
sempre curto e bem aparado
e o rosto expressivo com sulcos vincados
ao longo daquela vida talhada a queixas
acabaram na linha do precipício de uma terça
feira numa emergência. Entre as pernas
de tesoura e a mania da limpeza excessiva
e diária quase escorregava no chão ensaboado.
Depois que recupera o equilíbrio
limpa a bancada com um pano
que esteve de molho no cloro
e ao mesmo tempo uma parte do chão
que a vassoura não alcança.
Nesse gesto desarticulado do braço sacolejando
todo o seu corpo mole trepida.
Durante o sacolejo tenta gritar com o homem
que nunca deixou faltar na mesa   >

o que jamais haveria na cama
e sobretudo que não a escutava:
estava num lugar distante
embora ainda não estivesse
num CTI qualquer da cidade.

17

De manhã cedo mesmo no verão
durante as suas tarefas urgentes
começa a gritar sozinha no mundo
controlando o mínimo do que se passa ao redor.
Depois se cala mantendo uma expressão zangada
na face vermelha e retoma o trabalho
sem abrir mão da postura queixosa.
As janelas abertas
antes do meio-dia aparentam tranquilidade.
O meu quarto permanece escuro
apesar da porta e da janela expostas à grande claridade
lá fora. Pelas frestas distantes das grades
a luz do dia entra mas não alcança o meu quarto.
Essa iluminação não está em nenhuma parte
daquele cômodo enquanto continua
clareando por exemplo a cozinha
através das suas enormes janelas.
Ninguém pode garantir a mesma luz
que geralmente esmorece antes da hora
do almoço quando o meu quarto escurece
a tal ponto que nada mais
fica visível.

18

O silêncio dos objetos inertes
torna tudo cada vez mais estático e
enquanto as peças permanecem
nos seus lugares pré-fabricados
depois de um tempo
é preciso que se diga
acabam por desaparecer.
Aí está uma coisa que nunca saberemos
ainda que fosse fácil tirar a limpo.
Entre os que souberam
uns estão mortos
os outros foram esquecidos.

19

Nessa casa
também é importante registrar
havia muitos pássaros.
Verdes amarelos pretos maiores pequenos
de quase todas as cores e emitindo sons
variados. Viviam em celas estreitas
de grades pretas entre comer e dormir.
Numa tarde tirei muitas fotografias
dos poleiros bandejas e bebedouros.
Enquanto as placas
de alumínio das gaiolas eram limpas
ninguém entendia o que se passava
dentro daquelas imagens.
Pensava em abrir as portinholas
e ver cada um deles voando
e depois as celas todas vazias
e eles sem entender para onde haviam ido
os pássaros. Mas só tirei fotos.
Na manhã seguinte
um deles estava duro sobre a placa suja.

20

Cada vez que abrem a porta do quarto
dão uma notícia.
Um pássaro um cachorro uma tia morreu.
Tudo o que nos fazia sorrir
tudo pelo que um dia choramos estava
de alguma forma chegando ao fim.
E não tinha visto nada
além do silêncio e das fotografias em preto
e branco. O preto das grades
muito vivo se transforma
com frequência
em correntes que balançam
como grossas e compridas linhas
borradas que entram num poço charcoso
de dentro do qual eu não consigo
sair.

21

Às vezes parece que a casa
está desabitada e no entanto
olha eles aí
no reflexo borrado das grades
nas janelas no assoalho nos móveis
tudo metodicamente limpo.
Não há hematomas
nem escoriações.
Em cada metade da casa
apenas um homem e uma mulher.

22

Os sonhos foram ganhando pressa
naquela casa que apesar de tudo
amei. Os muros subiam diariamente ao redor
impedindo a ventilação entre os cômodos.
Ouvia ruídos hostis dentro dos domingos
recheados de silêncio enquanto os olhos deles
continuavam sob um efeito anestésico sem fim.
Muito tempo depois da minha partida
ainda era possível ouvir os seus passos
e ver os olhos esbranquiçados
como se tivessem vindo comigo.
Logo eu
com a certeza de que jamais tornaria
a vê-los.

23

Ainda que pudesse estar contaminada
pela atmosfera das grades pretas
tinha pânico da ideia de morrer antes deles.
Isso seria a coisa mais constrangedora
que poderia acontecer. Eles encontrariam as cartas
que recebi e as que nunca enviei
uma barbie sem os dois pés
um vibrador gasto uma bíblia
e os livros que eles nunca leram.
Nas profundezas do meu armário
guardo minha coleção de dildos
com quem tive as minhas primeiras experiências
sexuais. Eles não são usados há algum tempo
mas não posso simplesmente desapegar.
Doo os meus brinquedos ao Exército
da Salvação. Jogo numa terra baldia ou no banheiro
do shopping. Deposito numa lata de lixo
reciclável ou na lixeira da cozinha no meio
de filtros cheios de pó de café. Ainda não decidi.
Percebi que aqueles anos de aprendizagem
e prazeres viraram uma questão. Procurei na internet
como uma cidadã com consciência ecológica
Como se desfazer do seu brinquedo sexual?
Encontrei o site de um sex shop que dizia
Entregue seu dildo usado para reciclagem
e ganhe um cupom com cinquenta por cento
de desconto. Mas a loja não fica na cidade
onde eu morava. Quase posso ver a manchete
Escritora que vive no exterior leiloa seus artigos >

íntimos da juventude e leva uma bolada
equivalente a um prêmio literário.
Os dias estão passando e ainda não sei
o que fazer com a minha parafernália particular
e com outros itens constrangedores
esquecidos no fim do guarda-roupa.
Seria uma falta de consideração
chamar de parafernália aqueles
que estão me fazendo pensar
por que ainda estou aqui.

24

Na véspera de Natal
mesmo à noite
faz muito calor.
As mulheres usam vestidos vermelhos
os homens de bermuda e chinelo.
A mesa está posta: peru e rabanada.
A televisão fica ligada na principal emissora
do país. Presentes com embalagens cafonas
são colocados embaixo de uma árvore artificial
grande demais para aquela sala.
Tudo está limpo e pode ser até
que decorado com algum exagero.
As mulheres choram.
Talvez não saibam o porquê
ou seja apenas um dos maus hábitos
que não conseguem evitar.
Todos os dias tento esquecer essa cena.

25

E pensar em todo o trabalho que tinham
arrumando a casa para o grande evento
a árvore a guirlanda o presépio
a mesa farta tudo limpo
e arranjado com os artigos
da lojinha de artesanato
e cola quente.
Não sei por que insistem
em associar a sensação
de abandono a uma casa suja.
Nem sempre se pode medir
a distância
em quilômetros de pó
e erva daninha.

26

Vivia numa casa cheia de gente
que não sabia como jogar um dildo fora
nem tinha ouvido falar em programas
para descarte adequado de material radioativo
por exemplo.
Para o chefe da família
era assim que diziam: o chefe da família
bastava não discordar do regime
especialmente se fosse ditatorial.
E quando há poucas semanas
me ligaram para dizer
que ele não resistiu
da minha parte
não houve discordância.

27

O chefe da família
já viúvo
foi se despedindo
lentamente
dos seus olhos
anestesiados.
O chefe da família
pediu que o seu corpo
fosse cremado
e que depositassem
as suas cinzas no jardim
da casa de praia
para onde costumava ir
com a mulher
depois de aposentados.
Às vezes o término
de uma vida
pode ser mesmo
revigorante.
Com cinquenta anos
de casamento
ele finalmente
havia feito algo
admirável.

28

Cada rosto inclinado
para a cabeceira da mesa
se pergunta se os outros
veem a mesma cena
ao longo das refeições
e dos dias que se repetem
desde que haja outros dias
em que se possa dizer
sem se enganar muito
acabou.

29

Sem que os outros notem os reflexos
que nascem de tudo o que não é dito
com olhos e ouvidos arregalados
o coração numa rave
e as mãos dispostas a policiar gestos
finalmente saio para trabalhar.
Eu que acreditava estar bem-arrumada
e de uniforme no entanto não sei
o que estou fazendo aqui.
Os passos na escada as portas que batem
as janelas fechadas e outras janelas
do outro lado também fechadas
indicam que estou
na mesma casa de grades pretas
noutra casa de grades pretas
ou num jazigo familiar
de onde é possível avistar muitas cruzes.
Parece haver pessoas nessa casa que vão
e vêm há algum tempo onde os homens
mudam de lugar para que não peguem
o hábito da imobilidade
como se se preparassem para o dia
em que deverão se deslocar sem socorro.
E no fim das contas
nada se parece mais com um passo
que vai do que um passo que vem.

30

Tudo continua mais ou menos como antes.
Há uma noite permanente
e pequenos feixes de luz causam a ilusão
de que o quarto possa estar um pouco arejado.
Mas nunca fica realmente claro aqui.
A luminosidade está sempre do outro lado
contra a minha vidraça incapaz de atravessar
com toda a sua força na minha direção.
Ainda não sei para onde vai essa luz
que parece vir de todos os lados
de uma vez.
Assim como há pouca iluminação
há pouco ar.
Tenho a sensação de que há luz lá fora
como o sol que emerge todos os dias
enquanto este pequeno espaço escurece
de novo.

31

Nota: procurar uma caixa de fósforos
nas minhas coisas. Ver se acende.
Entre um fósforo aceso e outro
vejo a cama de solteira a colcha de linho
branca o ar dilatado a cabeça inclinada
para baixo. Entre o sinteco
e o próximo matadouro era impossível
não pensar em quantos seres
mortos havia ao meu redor.

32

O chefe da família costumava dizer
Elvis é o maior cantor de todos
os tempos. Me habituei a repetir
Elvis é o maior cantor
de todos os tempos embora preferisse
Village People. Até que ouvi uma canção
do Elvis e o álbum inteiro várias vezes
e depois de conhecer toda a sua discografia
admito que Elvis é o maior cantor de todos os tempos.
Decidi que iria a Memphis Honolulu Dixieland
ou onde ele estivesse só para vê-lo.
Mas acabei comprando um ingresso
para um show cover em Las Vegas.
Quanto mais tentava me aproximar
mais o palco parecia um frame de *Twin Peaks*
com suas cortinas vermelhas.
Finalmente cheguei à primeira fila para beijar
o cover e então o próprio Elvis montado aparecia
já intumescido ao piano como na última vez em
que o vi. Sem acesso ao seu repertório
fazia cover do Village People.
Essa é outra maneira de dizer
que entre um fósforo aceso e outro
não encontrei a menina que chegava
da escola e passava a lição a limpo.

33

O que mais me faltava: a letra dele
ou a menina que saltitava sem me ver
chegar? A sua presença que parou de sorrir
e começou a chover conforme as horas
e os dias passam sem que o telefone toque.
Parece um milagre ela não ter morrido.
Todas as pessoas
inclusive as que não ligam
podem vê-la a qualquer momento.
Eu mesma não a vejo
até quando a encontro nas fotografias.
Não sei em que lugar dessa casa ela poderia estar
agora. Ela escrevia cartas ao Papai Noel
mesmo duvidando da sua existência. Ela escrevia
cartas ao pai que não podia responder.
Ela escrevia cartas
e desapareceu sem ao menos uma cerimônia
fúnebre sem ter sido empurrada sobre uma maca
dentro de um saco preto. Enquanto isso
uma mulher que não sei de onde veio
está sempre aqui. De repente
emerge o contorno de um rosto
que parece familiar.

34

Tudo está como sempre esteve
nada mudou mas mudou tudo
com o seu desaparecimento
as noites chegam os dias passam
e você simplesmente está aqui
mesmo que não esteja aqui
porque não está aqui
porque não está mais distante do que parece
porque não parece muito menos distante
do que na verdade está.

35

Ao organizar uma estante de livros
ou diante de uma risada tenho a sensação
de que ela está aqui de novo.
Mas não sabemos do futuro que não existe
nem da terra prometida que nunca houve.
Mesmo quando o mundo sinaliza que nada
será como antes percebo que a minha casa
não é minha e tudo volta a ser como era.
E aqui está o problema: já não é possível voltar
para a minha casa. Sou uma viúva
velando sozinha o corpo dele que não está ali
a alguns metros de distância.
E entretanto que absurdo
sei que ele está morto.
Nenhum parente aparece no velório nenhum amigo
me leva para beber ninguém sugere auxílio
psiquiátrico. Diante dos seus olhos grandes
fechados observo a interdição daquele corpo
todo vestido de preto e do seu rosto
com a barba começando a ficar grisalha
agora imóveis.

36

Estou no seu funeral há sete dias
nove meses ou vinte anos
e portanto este velório
não é um evento comum.
Mesmo depois de todo esse tempo
há quem se aproxime com cuidado e diga
Você pode contar sempre comigo.
Também há quem fique sentado
ou se levante apenas para limpar
a sala e arrumar as cadeiras.
Vim à despensa para falar com você.
Talvez eles nem saibam que estão num funeral.
Continuo esperando que os parentes desistam
de pegar na minha mão com pena
sem saber o que dizer ou dizer o que não sabem
e vão logo embora. Está escurecendo
de novo
e só penso em reformar
esta mesa esta casa este palco.

37

Depois de vinte anos
continuo viúva. Faz tempo
que aquele bairro de trânsito caótico
sol escaldante ruas movimentadas
e cheiros variados de comida
era a vida pulsando
na orla tropicalizada.
Aquele bairro agora era ele
os braços os óculos as alpargatas
o sorriso aberto o peito recheado
uma tatuagem desbotada
nós dois na praia lendo *Dublinenses*
enquanto ele planejava o futuro ideal.

38

Passei a tirar
as minhas próprias fotografias.
As que me agradam são as imagens
nas quais não me reconheço.
Elas me dão orgulho da pessoa
que me tornei certamente
por não acreditar que posso ser
aquela imagem. Afinal ninguém é
uma mistura de cores imobilizada num frame
exceto o do instante que não esqueço.
Ele de camiseta azul no quarto me dizia
Estava esperando a gente completar um ano
para dizer que te amo.
Eu sei. Eu também.

39

Abandonei o jardim e passei um tempo fora
antes de voltar. Não me refiro apenas
aos lugares por onde andei
mas ao que fazia no período da faculdade
de dança contemporânea.
Ele tirava fotos minhas de olhos fechados
de pijama na cozinha sentada à mesa escrevendo.
Não lembro que máquina ele usava
não era comum tirar fotografias com celulares. Todas
terrivelmente posadas descabeladas surpreendidas eram
ao mesmo tempo
um documento do nosso cotidiano.
Ele com uma camiseta azul e uma tatuagem
quase sumindo ou vestido de preto
e algumas imagens desenhadas no braço e no abdômen.
Eu de vestido florido e cabelo comprido à Nina Hagen
ou com uma calça de alfaiataria e um corte Chanel
que não deu certo.

40

Dormimos no chão da sala
durante as reformas que ele planejou
no verão.
E passamos a maior parte do tempo
entre a cozinha e a cama
enquanto ele me contava os seus planos
para a casa e para nós.
E aqui está outro problema:
a sua presença sutil nos objetos começou
subitamente
a se expandir de tal modo que me impede
de fazer a única coisa que deveria
nesse momento. Ele se foi
e estou pensando na filha que não tivemos
embora ela tivesse um nome
que ele escolheu e eu continue a vê-la
de manhã até a noite.

41

Ele foi a minha fase mais feliz
ou mais próxima disso que chamam
felicidade. E agora que salto!
eu viúva. Poderia pensar em todos
os aspectos físicos da morte
mas alguma coisa me impedia.
Pensar no nosso quarto claro
nele andando pela casa
com as minhas calcinhas no som da sua respiração
enquanto dormia e mesmo nele roncando
como na semana passada
me acalmava. E onde ele estava que não via
o nosso quarto a sua respiração o meu salto.

42

Há um ano estivemos juntos.
Vimos a chuva através dos vidros
lembro que gostei de ouvir a chuva
apesar do cansaço e da ausência
embora a casa estivesse cheia
e cheia de desamparo. Há um ano
ou há cinco mil anos
não sabemos o que fazer com o nosso
próprio desespero. Talvez sejamos
aquela menina nua que corre e chora
com nove anos para sempre. Enquanto isso
há bioterrorismo e talvez haja mesmo napalm
por todo lado há descaso e há quem publique
há quem exija teste do sofá para publicar
e não há comida nas prateleiras.
Mas há um programa gratuito de fertilização
in vitro oferecido pelo governo húngaro
exclusivamente para mulheres húngaras
filhas de húngaros para que a Hungria
seja devidamente povoada por húngaros.

43

Imagino que não tenha sido fácil
viver comigo e depois deixar de viver
ao meu lado. A inevitabilidade da solidão
quase o tempo inteiro
e os vômitos sem horas marcadas
interrompiam a urgência de organizar
liberdade. Pensava no meu pai
ou no fade-out já não lembro
e você falava que devíamos
comprar um ventilador
enquanto me trazia um prato
de comida fresca.

44

Tudo isso acabou há muito tempo
e há muito tempo tudo isso permanece.
Agora estou mais perto daquela que
supostamente
deveria ter sido há uma década
do que por exemplo há vinte anos.
Ou: estou cada vez mais distante
daquela que não sou.
Entro no meu quarto procurando
por ela. Não a vejo. Não vejo nada
parecido com ela mas posso lembrar
alguns dos seus gestos nos últimos anos
naqueles cômodos. E os seus movimentos
desvanecem tão logo surgem
como uma espiral de ir e vir
que me ocupa sem descanso.

45

Hoje resolvi sair de casa
para não pensar em nada disso
mas nada disso fica em casa
quando saio. Enquanto caminhava
as camadas de vida fora do edifício
projetavam cada pequeno aspecto
da sua existência. Quer dizer:
já não o vejo já não o via
nas cenas que me rodeiam.
Apesar de tudo o mundo não mudou muito
depois da sua partida. Juro que não o vejo
ao atravessar a rua reparando
na árvore no prédio no muro
e no homem de cabelo raspado
camiseta preta e tatuagens
que sorri. Não o vejo mais
nem mesmo hoje quando
saí de casa e quase fui atropelada.

46

Ele havia inundado tudo por completo.
Nos sonhos nas minhas cavidades
internas na manhã de sol
nas noites seguintes
quando faltava luz
ele estava sempre ao meu lado
sempre dentro de mim
perdendo cabelo ficando calvo
ou de cabeça raspada no trabalho
na cozinha ou no chuveiro
conversando e sorrindo
como se controlasse tudo
dentro de mim
e assim pudesse garantir
que eu permaneceria viva
no minuto seguinte.

47

No princípio
ele perguntava
Posso ir com você?
e desde então andava ao meu lado.
Depois de voltar para casa encontrei
uma caixa com fotos nossas
um livro com uma dedicatória
um pedaço de papel
com uma receita anotada
de latkes ou falafel (não consigo
reconhecer se a letra é dele
ou da minha mãe) e uma carta
que releio todas as noites como quem lê
a sexta elegia das lamentações de Jeremias.

48

Foi assim que terminou.
Na verdade as coisas seguiram
do mesmo jeito. Continuamos a comer
as comidas de antes
só que em bairros diferentes.
E nem isso é uma novidade.
A morte como sempre
era um telefonema uma poltrona
vazia ou um quadro do Chagall
em que não podemos decidir
se um homem que sorri estendendo
o braço para cima se agarra a uma mulher
como a um balão ou se é ela
que se prende a ele como a uma pedra.

49

Hoje volto para a casa que foi nossa
com todas as reformas que ele fez.
Tentei juntar alguns objetos que lembravam
a sua presença. Arrumei uma caixa
e forrei com um pano branco.
Guardei um CD do John Coltrane
uma luminária que ele fez de uma garrafa
de vinho do Porto que bebemos um dildo
usado com frequência uma caixa de ferramentas
uma máscara que ele fez do meu rosto
mas não consigo guardar os nichos
que ele fez na sala nem a parede que ele abriu
no quarto. Esses objetos já não eram objetos
mas o fato de ele ter trazido o álbum da sua coleção
de CDs e feito a luminária no chão da cozinha
com uma furadeira e me dado o dildo de presente
no dia dos namorados e com todo o cuidado
posto gesso no meu rosto e tirado e esperado
secar. Depois de um tempo lixou e pintou
e emoldurou a máscara para que de uma forma
ou de outra eu estivesse presente na casa até
imagino
ser acidentalmente quebrada.
Esses objetos já não eram objetos
à medida que se transformavam naquilo
que ele era. Cada uma dessas peças estava
nas prateleiras nas gavetas na cozinha
emprestando vida aos cômodos
sem falar nas impressões digitais espalhadas   >

por não sei onde em cada canto da casa
e do meu corpo que nenhum banho
é capaz de remover.

50

Quando o conheci
a felicidade estava do meu lado
não que ele fosse uma pessoa feliz
não que eu fosse uma pessoa feliz
mas nós dois juntos poderíamos ter sido.
E fomos por algum tempo
quando o nosso mundo era latkes e falafel
balão e pedra. O que mais me faltava
não era uma cena sentimental
mas uma atenção concentrada
quando os seus olhos grandes
de recém-nascido se abriam para mim.

51

Sem que os seus olhos se abram
o apetite soa como o alarme
do despertador.
Depois que o seu primeiro grito ecoa
entre a luz excessiva nas paredes
a minha voz comemora a sua chegada
tal peça nova num museu de quinquilharias
que assombra o meu desespero
e não me deixa dormir. Fico
ao seu redor refletindo o aparecimento
e flutuando no hálito da bomba
de sucção. Acordo enquanto ouço um ouriço
que se agita. Depois outro grito e tropeço
devagar no seu chamado. Mesmo sem me ver
a sua boca se abre e tudo fica branco.

52

A única coisa que estou tentando dizer
é que as estações continuam como antes:
acordar correr ensaiar cozinhar
ir ao banheiro lavar as roupas preparar
a mudança fazer o que for necessário
fazer a lição de casa jantar e dormir
até a manhã seguinte. Mas nada
disso é estar sozinha.
O que significa estar sozinha
é o chefe da família continuar lá
a casa cheia de gente continuar lá
os olhos anestesiados
lá
sem que nenhum deles consiga
entender o que se passa.
E eu sem me dar conta de que
nada disso importa.

53

Tem dias e meses
que não consigo estar de pé
de tanto que estive longe
e por tanto tempo
como se tivesse um amanhã para esperar.
E é provável que ele esteja na bolha
da minha infância ou em cada instante
em que acordo corro lavo ensaio cozinho faço
o que for necessário janto e durmo
tentando
entre uma tarefa e outra
escapar dos escombros.

54

Gostava de ir ao aeroporto
do centro sentar tomar café
ver os aviões decolarem
e perceber que aquele avião
que acabou de partir
estava mais longe do que imaginava
até que um homem sentado ao meu lado dissesse
Ele está tão longe quanto parece.
Continuo sentada à mesa com a pequena xícara
entre as mãos me perguntando se aquele avião
estaria mesmo tão longe quanto parecia
enquanto ele se afastava cada vez mais
e cada vez de forma mais sutil e silenciosa
até que só visse um ponto fugidio entre as nuvens.
E depois outro avião.

55

Gastei muito tempo em observações diversas
para tentar me lembrar e depois
para tentar esquecer e finalmente
tentativas para me convencer
de que não fosse aquela a minha primeira
lembrança da infância. Quer dizer:
ele foi embora pela primeira vez e voltou
para depois ir para sempre. Pode ser
que volte amanhã. Foi logo cedo
que ele me acertou sem querer.
Como posso afirmar se foi logo cedo
se ele me acertou se foi sem querer?
Foi à noite ou quase de madrugada.
À tarde não aconteceu nada. A minha mãe
botou ele para fora. Ou será que fui eu?
Essa é a primeira lembrança da minha infância
ou apenas linhas borradas que balançam?
Só sei que um corpo bêbado trepida
dois braços para a frente um passo para trás.
Um corpo infantil esbarra no guarda-roupa.
Uma mulher avança no homem com violência.
Eles ainda não olharam para a criança
que vê essa cena e encerra num fade-out.

56

Com o passar dos anos pensava nele
tentando compreender a sua atitude.
Não o vi sair e portanto
ele não desapareceu como um fantasma
nem apareceu de novo. Ouvia o barulho
da corrente do relógio de pulseiras largas
do molho de chaves das garrafas de uísque
e da sua voz se afastando como uma correnteza.
O que acabei de dizer e todas as outras coisas
que optei por não contar voltam mais tarde
elas sempre voltam
e me acordam de um sono profundo
como um pesadelo que não tem fim.

57

São homens e mulheres
que brigam e amam vivem
e morrem vêm e vão
ficam tempo demais
desaparecem em datas inesperadas.
Mulheres e homens apenas
que sobrevivem às estações
sem jardim para ir.

58

O que importa é que tudo estava limpo
havia pessoas havia comida
boa na maioria das vezes
havia um teto uma cama e deveria ser feliz
diziam
enquanto continuava à procura
de uma saída. Tive bastante
perdi bastante. Era uma equação
simples uma pessoa simples. Mas
ainda que tivesse o suficiente
tem sempre alguma coisa que não chega.
Nem sempre percebo essa coisa
reparo apenas no fato
de que ela não chegou
e esse fato
nem sempre é o bastante.
Cada coisa que acontece
parece o momento que não chegou
a acontecer
nem poderia ter acontecido.

59

Procurava alguma coisa
sem saber o que era.
Talvez um dia encontre
sem ficar enjoada
como se estivesse diante
de um filme
que abusa do olho de peixe
ou dentro do mar com imagens
embaçadas que balançam.
Quem vê esse filme
remasterizado
nem nota as imagens
embaçadas. Em geral
o medo da chuva prevalece
e as janelas são mantidas
fechadas impedindo
entrever aquilo que de fato
era ela.

60

Não sei dizer por que estou
fazendo essas associações.
Já é difícil garantir o que achamos
que sabemos. Sei que não há
realmente nada que se possa fazer
a não ser ir para casa
ou para algum lugar que não seja
antes. São poucos os lugares
e poucas as pessoas que nos alegram
e acolhem. São poucas as coisas
que de fato importam.

61

Pensava que a morte chegaria
por volta dos noventa anos
numa cama minimamente confortável
rodeada por poucas pessoas preocupadas.
Mas naquela noite percebi que havia sido
expulsa do processo.
A partir daquele momento
vagava por uma terra distante ou aguardava
numa sala de espera ou passava o dia
num velório depois de vomitar algumas vezes
de manhã até a noite.
Anotei esses lugares-limite
terra distante e sala de espera
num pedaço de papel. Tinha vinte
e três anos. Nunca esqueci a data
da sua morte nunca anotei
num pedaço de papel. Acho difícil
que um dia possa esquecer.
Toda vez que o vejo
digo
esse papel esse lugar esse número
me obrigo a viajar
ou pelo menos a sair de casa.

62

Lanço o olhar adiante
para ver além da trepidação
e começo a cavar ali mesmo
corpos de tempos diferentes.
Uma menina que parece comigo
me observa apenas uma garotinha
de nove anos que se masturba numa foto
e depois uma adolescente com um gato no colo.
As três olham para mim ao mesmo tempo
sem tempo nenhum. A criança que não parava
de se tocar foi levada para um mapa desenhado
sem poder fugir correndo.
Passo muito tempo em casas desconhecidas
vendo fotos de gente que não sei quem é.
Dias longos se passam
estou cansada da conversa
mas fica uma frase daquela garotinha
Eu era tão pequena que até cresci um pouco.
Mas não é verdade. Ela sentia mal-estar
tinha dor na garganta e uma pressa
sem efeito de planos vagos.
Ela não partia de verdade
e quando chegou
ninguém estava em casa.

63

Não sabia ao certo onde deveria estar.
Durante anos acreditei que
a partir de determinado momento
poderia caminhar pela cidade
sem me perder. E continuo
entre a praça XV e a rua da Ajuda
esperando os livros emprestados.
Peço informação aos passantes
que não param.
Entro numa galeria e ao sair não sei
para que lado devo seguir.
Ao meu lado pessoas oferecem bala
pedem dinheiro e seguem numa sequência
de imagens abafadas e poeirentas
enquanto ouço sua voz perguntar
Posso ir com você?
ao meu lado. Como na semana passada
vejo meu barco mas ao dar voltas
fico fora da história
e não sei mais para onde fui
quando um de nós teve que partir.

64

Para voltar a casa
tinha um longo trajeto a percorrer.
Todos os livros que abro
começam com variações dessa frase.
EVE regressava a casa à meia-noite.
EVE regressa a casa depois
de vinte anos. EVE tinha um longo trajeto a percorrer.
Para voltar a casa EVE percorria um longo trajeto.
EVE para voltar a casa dava voltas e se perdia.
EVE para.

65

Finalmente faz tempo bom
e como no princípio ouço
Posso ir com você?
Ele anda ao meu lado com seu sorriso
aberto e fácil de se perder.
Mas ele está tão longe quanto parece.
A luz se espalha sobre a mesa
coberta com uma toalha e um papel
branco e nele vejo que talvez
não o tivesse visto de verdade
nem percebido todas as coisas
que ele fez e fizemos juntos.
Pensei nisso outro dia
enquanto tomava um café ardenza
na Leiteria Mineira.

66

Logo eu
com pressa para escapar de certos lugares
não consigo encontrar a saída
nessa porta giratória. E depois
andando de um lado para outro
reparo num calendário grudado
na parede com durex
de reproduções kitsch da Frida Kahlo
e do Salvador Dalí e mesmo assim
não sabia o que fazer ou como chegar lá.
Talvez trocar a camisa preta por roupas de viagem
como ele
que abria os olhos de manhã
e chamava o meu nome.

67

Às vezes me pergunto
se tudo isso não passou
de um pesadelo
ou um mal-entendido
se as coisas não aconteceram
de modo que eu não precisasse
esquecer
ou contar de outra maneira.
Pode ser que algum dia
me lembre delas
e não sinta nada.

68

Se falo em terra distante
me refiro ao lugar onde estou
ou a qualquer outra casa
abandonada. Para onde quer que olhe
há lama incêndios propositais espécies
extintas água contaminada bala
perdida desemprego conspiração
e lama. Se pudesse
escolhia apenas uma dessas paisagens
corrompidas que sempre existiram
e é provável que continuem a existir.
Então pensava nele
e é provável que pense sempre.

69

Na semana passada nos atracamos
um no outro como se cada um fosse
aquele barco vermelho à deriva
do Kandinsky sem isca e sem âncora
ou aquela igreja vermelha sólida
e inclinada que reflete no lago.
Como se cada um tivesse encontrado um farol
tropeço devagar no seu silêncio.
Tentando mais uma vez nos atracar
acabamos dormindo e o barco escapa.
Como na imagem projetada no lago
a igreja de cabeça para baixo
enquanto te agarro pelas pernas
também escapa. E não percebemos
por mais que tentássemos descobrir
para onde eles foram.

70

É preciso considerar que estava fora
de mim. E será que alguma vez estive
dentro? Não me sentia bem à noite
não me sentia bem de dia. Só esperava
que alguém me tirasse dali.
Finalmente entendi que isso
como tantas outras coisas
não existe. Agora só esperava ouvir
Posso ir com você?
E seria aquela menina de nove anos
ou vinte e três
que tropeçava nas ruas urinadas do centro
enquanto buscava um caminho que não
me pertence. E em vez de estar aqui
arrumando as cadeiras estaríamos juntos
outra vez. Mas pouco a pouco ia me afogando
sem que ninguém me jogasse um balão
ou uma pedra.

71

A coisa ia mal.
Entre doses de analgésicos
rivotril sertralina fluoxetina
alprazolam zylinox molly
o meu rosto incha e encolhe.
Logo eu que nunca fui disso
me pegava com a cara amassada
e molhada sem causa aparente
ainda que soubesse a causa
ou as causas
e chorava diante do muro do túmulo
ou de uma coisa qualquer que tivesse
visto sem me dar conta.
Até que depois de algumas semanas não
estava mais triste. Já não chorava tanto.
Quase não sentia nada ao ver um vizinho
atravessar a rua. Os medicamentos
começaram a fazer efeito.

72

Comecei a tirar uns móveis da sala
que depois ficou quase vazia
enquanto o corredor abarrotado
de peças aglomeradas dificilmente
me permitia chegar à cozinha.
Olhei para cada um daqueles objetos
não sabia se eram tralha
se deveria chamar a Marie Kondo
e será que ela viria? Nem era tanta coisa assim
embora para mim fosse. No fundo sabemos
muito pouco. Parece que todos os livros que fichei
nos últimos vinte anos não me ensinaram
muita coisa e olha que li Barthes Paz Calvino
e como eles falam de amor etc. Peguei os meus
cadernos de fichamento. Tenho muitos cadernos.
Dentro de um deles encontrei um pedaço de papel
com a letra dele
ou com a letra dela?
Era o programa de um concurso para professor.
Hoje provavelmente teria uma foto no celular
mas ele copiou tudo só para mim.
Cheirei aquele pedaço de papel
de manhã até a noite.

73

Só ficou na sala uma estante
enorme com livros e uma mesa
onde escrevia. Não tinha
sofá. Não tinha onde receber pessoas.
Não tinha geralmente pessoas para receber.
Havia muitas caixas com coisas para doar
no canto de uma parede e uma caixa
guardada com um pano branco.
Não sabia o que fazer com ela. A minha sala
por mais limpa que fosse
era apenas um punhado de fragmentos
sem cronologia.

74

Comprei lençóis novos.
Os antigos além de gastos
tinham nódoas de sangue
que eu não conseguia tirar.
Um lençol novo. Uma novidade.
Era tudo o que eu precisava.
Durante algum tempo
pude aproveitar os meus lençóis novos.
Depois obviamente deixaram de ser
novos. E digamos até que ficaram
manchados.

75

Ou

Não comprei lençóis novos.
Os antigos
mesmo gastos e com nódoas
de sangue que não conseguia tirar
eram os lençóis onde ele havia deitado

ou

eram os lençóis onde ela havia deitado.
Não precisava de nada novo.
Durante algum tempo aqueles lençóis
por incrível que pareça
ainda me serviram. Depois foram ficando
rotos demais para manter em uso.
Mas eu não queria outros lençóis.
E digamos até que eles eram usados
para cobrir os corpos.

Ou:

76

A sua mãe morreu esta madrugada.
Estava esperando as seis horas para avisar.
Venha o mais rápido possível
para liberar o corpo. Foi isso que o médico
falou. O enterro foi no mesmo dia.
O caixão o túmulo o velório
nada foi organizado por mim
e nunca voltei para visitar
a sua lápide.
Os meus colegas de trabalho
que mal falavam comigo
foram ao velório
qualquer coisa para sair de uma fábrica com câmeras
vigiando o trabalho diário e as horas exatas de bater o cartão
nada como um passeio no cemitério.
Ao contrário dos meus colegas que voltaram
na semana seguinte a mal falar comigo
comecei imediatamente a fingir que a vida
pode ser uma sequência ininterrupta de burocracias.

77

Não gosto de cemitérios.
Os da minha cidade não são
como o Père-Lachaise
obrigatório nos roteiros de turistas
que desejam ver Morrison e Wilde.
Nesse dia não consegui sentir
o cheiro dos mortos. Não sei até hoje
se é mesmo doce como dizem.
Lembro que era
uma tarde quente de dezembro
recebi abraços de pessoas
que já não se lembram do meu nome
mas me lembro dos abraços e dos cheiros
dos abraços dos desodorantes de supermercado
das imitações de Kouros e dos Armanis
duty-free que ardiam naquela tarde
quente de dezembro. Me lembro das amigas
mais preocupadas em cobrir o rego
caso abaixassem para me consolar.
E ainda vejo os meus colegas chegarem
ao cemitério numa van em modo excursão.

78

Três anos depois
já não trabalhava na fábrica
mas me lembrei desse dia
lembrei que devia voltar
ao cemitério para reclamar
os restos mortais da minha mãe.
Não sabia como me comportar durante
a exumação se seria uma cerimônia
se esperaria numa sala
se me entregariam uns ossos
e uns fios de cabelo com terra
e seriam mesmo dela
ou seriam mesmo ela?
se eles guardariam numa caixa forrada
e me entregariam como uma herança.
Não fui.

79

Os cemitérios da minha cidade
não são locais de passeio
nem piquenique nem *must visit*
caso você seja turista cool.
Na minha cidade
quem frequenta cemitério
são os coveiros os órfãos as viúvas.
Na minha cidade
não posso falar pelos coveiros
mas nós passeamos em shopping centers.

80

Daquela tarde me lembro
das orações e do discurso comovente
que fizeram à minha mãe de terço na mão que
ainda bem
não ouviu. O discurso dizia para ela
não se preocupar que cuidariam de mim
mesmo sendo uma mulher adulta e independente.
A partir desse dia comecei a me dar conta
de que na minha família eu seria a próxima
a morrer. E comecei a me perguntar se teria
um funeral de verdade sem penetras sem colegas
que chegam para um piquenique com pessoas elegantes
vestidas de preto e um viúvo adequado prometendo
comoventemente que cuidaria dos filhos
que não tenho.

81

Quando cheguei a casa
já era noite. Botei a roupa toda
para lavar e tomei um banho completo.
Minha mãe me ensinou que se deve lavar
tudo ao chegar de um cemitério.
Depois do banho me chamaram para comer
pedi licença e mal conseguindo respirar
fui vomitar mais uma vez.
Uma voz que vinha da cozinha disse
Deixe a porta do banheiro aberta.

82

Não gosto do cemitério
onde a minha mãe foi enterrada.
Não gosto desse ambiente
em geral poderia até gostar daqueles
que tentam parecer um jardim.
Mas esse especialmente me desagrada
porque fica ao lado de um cemitério grande
o maior da cidade ou um dos maiores
não tenho certeza. E a grandeza de um
torna o outro invisível de certa forma.
Preferia que ela estivesse no alto
de uma colina diante da fuligem negra
de uma fábrica ou tivesse virado árvore
como aprendi num filme anos depois.

83

Ao redor dos cemitérios vizinhos
só lojas de flores com os seus cheiros
insuportáveis. E as assistências
funerárias ao lado dos hospitais confirmam
a emergência dos comércios. Não continuei
a morar na casa que agora era só minha.
Ela ficou tão insuportável quanto o cheiro
das flores. Fui morar numa casa de grades
pretas quando alguém disse
Aqui você está em casa.

84

Estive. E fui deixando de estar
enquanto essa e outras vulnerabilidades
começavam a cheirar mal.
Meus pertences e os da minha mãe
continuaram na nossa casa
agora abandonada.
Dois dias depois do enterro
uma vizinha me visitou e disse
Eu fico com os CDs e os livros dela.
Assim Eu fico. Não ficou. Fiquei na casa
de grades pretas por alguns anos.
Ao contrário da minha casa
aquele sobrado era cheio de gente
e silêncio. Tinha um quarto roupas comida
horários e não havia portanto do que reclamar.
Aqui você está segura.
Me disseram mais tarde
em outra casa.

85

Algumas portas se abriram.
Algumas seriam suficientes.
Um cômodo ao lado da piscina
nos fundos de uma casa com cinco
quartos: uma porta. Um rapaz
que tinha as chaves da igreja:
uma porta. Uma bolsa na universidade
para uma pesquisa em linguística: uma porta.
Fiquei com o quarto. Fiquei com o rapaz. Neguei
a bolsa quando soube do desvio de verba pública
do laboratório do CT. No dia do enterro
o rapaz que interpretou Jesus na Páscoa disse
Vamos à igreja amanhã depois que o padre dormir
e fazer um BDSM na sacristia. Eu fui.
Mas dessa vez não houve confissões.
Nunca mais voltei a ver Jesus.

86

Nessa casa eu podia dar de comer
aos cachorros limpar a piscina
frequentar a sala e a cozinha.
Nessa casa todos me atrapalhavam
mas o que me incomodava eram os meus pais
estarem enterrados em cemitérios
distintos e distantes.
Nunca lhes fiz uma visita.
Preferi me concentrar no incômodo
que os vivos estavam dispostos
a me oferecer. Aos dezenove anos
já não era quem tinha sido
e ninguém sabia o que eu seria a seguir.
A beleza e o futuro ainda que sem
garantias eram tudo o que eu tinha.
O que restou por um tempo
foi um figurino e uma cenografia
na qual eu deveria falar e
mais importante
calar as minhas falas
enquanto desejava falar ou calar
num cenário longe daquela cidade
ou numa terra com menos cicatrizes.

87

Durante todo esse tempo
em casas cheias de gente
estive quase sempre só.
Pode ser que tudo isso tenha passado
de modo diverso: tive apoio afeto teto
roupa e comida. Então percebo que uma versão
não precisa ser mentira para a outra ser verdade.
Escrevo para esquecer em parte
mas não consigo me contentar
com o fato de que tudo isso acabou
há muito tempo. Algumas coisas no mundo
continuam a existir mesmo depois
de terem acabado. Tento pensar que estou
distante e portanto salva
e quase consigo me convencer.

88

Devia ter falado sobre a casa
onde morava com os meus pais
em vez de relatar a minha peregrinação
por outras cenografias. A casa ficou onde
sempre esteve como se supõe fechada
ou alugada pouco importa. O que importa
é que estou de fato longe.
A essa altura acreditava que o afastamento
seria uma maneira de apaziguar as coisas.
Às vezes é tudo o que se pode fazer:
dizer adeus à vila de cimento
adeus dona Josefa
adeus aos idosos que iam dizendo adeus
adeus à vizinha do lado que não falava
adeus à vizinha da casa grande
que jogava água fervente no pequeno ramo
da árvore que a minha mãe
plantou.

89

As vizinhas me tratam bem depois
do temporal e me oferecem doces
que ainda não estragaram e os correios
ainda estão em greve e as vizinhas
conversam comigo e me interrompem
e falam sobre outras casas e sobre coisas
que eu não devo falar.
A casa de praia quase todos os janeiros
dali a dez minutos um mar de ondas verticais
e a minha melhor amiga
sobre os meus ombros dentro do mar
abaixo da linha entre mergulho e oxigênio.

90

Dizer adeus à casa de praia
quase todos os janeiros aos sapos no chuveiro
ao peixe frito no almoço à areia em volta
da casa depois cimento ao mar revolto
ao afogamento à TV de dez polegadas
aos estranhos no mesmo quarto ao mormaço
do verão à vontade de ir embora aos barulhos
da cidade sem horas marcadas ao avião
ao helicóptero às tosses às obras
ao carro da pamonha ao ensaio da banda
de rock às festas de aniversário à ceia tropical
de dezembro aos assédios que invadem as janelas
e ultrapassam as paredes frágeis.

91

Comprei um apartamento no subúrbio.
Assinei os papéis mas as chaves só outro dia.
A antiga dona ainda terminava a mudança.
Dez horas venho buscar as chaves. Estou limpando
a casa para você passe mais tarde e lembre-se
de sempre usar esse tipo de cera. Vou reformar
não é necessário cera nos tacos. É importante
que você continue usando essa cera
volte pelas duas horas e terá as suas chaves.
Mas já são duas horas. Como passa rápido
esse tempo volte ao fim da tarde então.
Preciso das chaves agora senhora.
Terá as suas chaves hoje não se preocupe
só preciso terminar de encerar os tacos.

92

Trouxe um quadro do Chagall
comprei um vinho do Porto
e tiro da minha estante de imbuia
uma edição antiga de *Dublinenses*.
A minha vizinha tem paredes
de chapisco e uma TV de plasma
para assistir à novela
enquanto as panelas só fazem barulho
na cozinha. Duas pessoas saíram daqui
terminaram um noivado e venderam
um apartamento de paredes abatidas.
Agora moro nessa casa sem plantas.
No vazio dos objetos deslocados
herdo o luto deles e já não sei onde
um acaba e começa o outro.
Mesmo depois de arrumado
o apartamento de cinquenta metros
quadrados parece uma pousada sem hóspedes.
Os porteiros abrem as portas para estranhos
os amigos não me visitam. Voltei para casa
e não sei quem são as pessoas do bairro
o que sobrou da família.

93

Era um apartamento no subúrbio
mas desde a primeira noite
uma pousada não a minha casa
com quadros cheiros cores e sonos próprios.
O peixe frito de um vizinho o aspirador
de pó depois da meia-noite em outro
apartamento e a paisagem de sol
e cimento e ruídos e poeira e a única árvore
da rua abatida. O vidro de uma das janelas
quebrado há anos e o ralo inox do banheiro
por fim oxidado. Os olhares de um vizinho
do prédio em frente uma cadeira sem dois
parafusos e outras coisas que sempre ficam
por consertar. A minha forma de morar lembra
o ensaio da banda de rock aos sábados
de manhã a bateria não fala com
o baixo e uma voz desafinada narra uma letra
incompreensível. Mesmo quando preparo
latkes ou falafel esse apartamento
parece um pouso.

94

Estou ansiosa para o check-out.
Antes de ir à padaria
faço uma lista do que levar
para a rua: água mapa pedra
balão chave carteira caneta
sinalizador máscara antigás
lanterna celular carregador
bloco de notas gravador spray
de pimenta ecobag
e pão.

Nota: não esquecer
a maquiagem que se usa na rua.

95

Num filme de Ursula Meier
uma família mora ao lado da rodovia e
como uma folha se prende à árvore
pessoas anônimas percorrem casas
e os nossos destinos
ao lado de uma rodovia abandonada.
Elas tomam banho juntas
tudo está razoavelmente bem
até que a estrada é reaberta ao tráfego
aos sons de carros e buzinas
à penetração dos odores da fumaça
dos combustíveis fósseis e ao assalto
ininterrupto aos sentidos.
Tudo está razoavelmente bem
exceto as pessoas anônimas
presas num pesadelo surrealista
incapazes de despertar.

96

Segunda-feira às seis da manhã
o bairro começa a trabalhar
como se esquecesse
que no dia anterior era dia de silêncio
enquanto esse nome reúne o sossego
que pode.
A TV smart anuncia a guerra as guerras
no canal de notícias no mudo
e assim ninguém vê ninguém sabe
da explosão de ontem do desabamento
da criança afogada.

97

Nunca contei nada disso a ninguém.
Não só por receio de que não me ouvissem
mas por saber que não sabem o que fazem.
Depois de tudo talvez a distância
fosse uma boa solução.
Às vezes é tudo o que se pode fazer:
ir embora com duas malas grandes
para ter o direito à vida
numa casa de xisto
e deixar todo o resto para trás.
Apesar da pressa em escapar
nunca duvidei de que ali havia amor
como as paredes do meu quarto
onde cresciam bolor e liquens.
Mas era amor: foi a palavra que usaram
foi o nome que deram.

98

Acreditei nisso acreditei neles
por muito tempo. Talvez tenha ido embora
para continuar acreditando.
Alguém me disse que para agir assim
devia ter expectativas muito altas
em relação ao amor.
Alguém me disse que
depois de presenciar tantas saídas
era natural que eu também desejasse
sair.

Ou:

Como havia perdido o nome que deram
não tinha mais nada a perder.
Na medida do possível devo ter sido cercada
de amor. Às vezes misturado a outros elementos.
O amor alguém me disse tem dessas coisas.
E para seguir tive que encontrar
outra saída.

99

Voltei no verão. Aqui é sempre verão.
Chamei a família os amigos
os vizinhos e disse com alegria
Voltei. Depois disse
Parti com duas malas grandes
para outro continente mas agora
voltei. Isso faz alguns anos.
Ninguém correu na minha direção ninguém
me buscou no aeroporto nem me abraçou
nem perguntou como foi a viagem.
Voltei
e não ouço ruído nem passos.
Perguntei o que havia acontecido
e alguém que passava disse
A casa está limpa.

100

Hoje fiz quarenta anos.
Em vez de bolo e vela
acendi uma antiga luminária
virada para a janela. A médica
diz que devo fazer
uma ultrassonografia
exame de rotina
e recomenda congelar óvulos.
Lá fora
os barulhos da construção recomeçam
de manhã até a noite.

© Evelyn Blaut, 2024

Todos os direitos desta edição reservados à Todavia.

Grafia atualizada segundo o Acordo Ortográfico da Língua Portuguesa de 1990, que entrou em vigor no Brasil em 2009.

capa
Violaine Cadinot
obra de capa
Nicola Kloosterman
preparação
Silvia Massimini Felix
revisão
Huendel Viana
Karina Okamoto

Dados Internacionais de Catalogação na Publicação (CIP)

Blaut, Evelyn (1981-)
Fora da rota / Evelyn Blaut. — 1. ed. — São Paulo : Todavia, 2024.

ISBN 978-65-5692-607-0

1. Literatura brasileira. 2. Romance brasileiro. 3. Ficção contemporânea. I. Título.

CDD B869.3

Índice para catálogo sistemático:
1. Literatura brasileira : Romance B869.3

Bruna Heller — Bibliotecária — CRB-10/2348

todavia
Rua Luís Anhaia, 44
05433.020 São Paulo SP
T. 55 11 3094 0500
www.todavialivros.com.br

fonte
Register*
papel
Pólen bold 90 g/m²
impressão
Geográfica